淡く青い、水のほとり

末松努詩集

コールサック社

詩集

淡く青い、水のほとり

目次

Ⅰ章　つながるいのち

Ⅱ章　世界はそこで香りを放つ

Ⅲ章　あいのこきゅう

詩集

淡く青い、水のほとり

末松　努

Ⅰ章　つながるいのち

淡く青い、水のほとり

それぞれの木々が
思い思いに揺らめく
それぞれの生物が
思い思いに生活する
それぞれの魂が
思い思いに交錯する
そして
静かなる大気の下
それぞれのより良き世界を
追い求める

しかし
重なりあう葉もあれば
ちぎれゆく葉も
助け合う存在もあれば
奪い合う存在も
共にする情念もあれば
異にする情念も
そこには
それぞれの世界が
たしかにひろがっている

（神は
それぞれを守ってしまう
おおらかに
世界をあまねく与えてしまう）

それでも
世界を貫く水がある
混ざりあい繋がりあう水がある
この星を満たす水がある
自在に巡り形を変えようとも
存在は不変の水がある
遮っているのは見えぬ線だろうか
何を越えねばならないのだろうか
忙しさに心をなくし
考えることを捨てた時間に
氷の壁を透過した水は
燃え上がる核の上を
絶えることなく
しなやかに流れつづける

波間

やわらかな水を湛え
揺るがぬ表情で構える
どこか父を思わせ
母を宿す海原に
小さな恐怖心が漂う
この目に映るのは
父性の威厳か
優しき母性か

抗《あらが》えぬ波が
削られることを恐れぬ岩礁にぶつかり

白き粒子が迸る
夢の香りがする潮風は
負けそうな心を湿らせ
こどもの背を
微かに押していく

砂浜に座り込み
地球はこれほどまで水平であったかと
一定にならぬ地平線に呟く
寄せては遠ざかる波は
引き際を教えている

（なめらかに、しずかに、いさぎよく）

いいかおまえたち
波間に明滅する光を見よ

波音のリフレインを聴け
生き様がそこにあるではないか

両親の声がする

産まれてきたのは
たしかにここであった

シンドバッドになりきれぬ
わが身を持てあまし
渚に立ったまま
苦く微笑む

夕暮れは近い
港に
まだ船はあるだろうか

陽射し

天と差し向かいになって
降り注がれるやわらかいエネルギーを
あたたかな木漏れ日に溶かし
思いっきり飲み干す
それだけで
身体が空に包まれるのを
ただ目を閉じ
感じる
そして
太陽に向かって

言えなかったことばを
静かに手渡す

ああ
生きていてよかった
僕は
ここで生きていても
よかったんだ

つながるいのち

ささげるいのちと
いただくいのちは
てをつないでいる

いのちは
みずから
かりをし
さくもつをつくり
そのいのちを
あやめて

いただく
たがいのはかなさを
あらわにして

それが
いつしか
いのちは
くらやみにおおわれる
おとされるいのちは
にぎっていた
てをとかれ
さばけない
つみとがを
こして
とどけられるように

たしかにうつくしくなった
このせかいに
みえなくなったのは
てのひらだけか

いただきますは
いのちをたべるため
ささげるいのりのことば

ごちそうさまは
うしなわれたいのちを
かがやかせることば

そうしていのちは

ちきゅうをまわる
（さあ、てをつないで）
わすれてはいけない
いのちのめぐみと
めぐまれたいのち

だからこそある
きみのいのち

包まれた空

窓越しの
薄明るい空へ
捧げる祈りに
嘘はあるのだろうか
不整脈のように乱れる
青年の感情の裏に浮かぶ葉脈が
饒舌に真実を語りはじめ
祈りのあとの空しさを
証明してしまう
空は寡黙に

世界を嘘に染めていく
目前に広がる誠実さを
彼の眼からすべからく消して
変わらない風景だけを
記憶に残そうとする
祈りが昇華して
夜が明けるのは
いつ

こころの処方箋

くやしくて
こころを
かきむしった

つらくて
こころを
やぶった

こころにはきずができてしまったけれど
あかちんだけしかぬらなかった

えぐってしまったきずもあったけれど
ひとをあいすることはやめられなかった

やがて
きずはなおっていった
もちろん
きずあとはしっかりとのこった

でも
そのきずあとを
いとおしくながめているじぶんがいた

ふしぎな
ふしぎな
きずあと

（それだけじゃ、なおらない）
（それだけじゃ、なおせない）

あとがのこってもきにするな
あとがのこるくらいがちょうどいい

沈む夕陽、昇る朝陽

碧くきらめく
空と海に
紡がれ続ける
地球という名の物語

この惑星を彩り
ここで心を洗うことができるのも
とどまっては流れ
降りては昇っていく
大海原があったからなのでしょう

夕陽が光を海に沈め
朝陽がそれを蘇らせる毎日に
わたしたちは
何を急ごうとしているのでしょうか
限られた時間に
詰め込もうとしているのは
わたしを生み出す物語ですか
それとも
あなたを追い出す物語ですか

海が空を映すように
空は海を映しています
つながっているようで
切り離されている

ふたつの青
でも
世界はひとつ

そこにひとりで生きられぬわたしたち
ただ寄り添えるのは
無数のあなたとわたしです

あさひの行方

たったいま
朝が霞んだ
うつくしくもない心音に目覚め
水を含んだ素粒子が
わたしたちを息苦しくさせる
何も知らない
あさひがのぼる
はじまりとおわりはいつも
遠慮を知らない
慎ましやかな大地を

静かに笑う
おおらかな
あさひは
霞の消えた午前
今日と名付けて
木漏れ日の中へ
熔けて、逝く

蝶の舞い

黒揚羽の軌跡を
意志を消した眼に追わせたら
私はきみを
信じるために疑う
それは青空を塗り替えるためではなく
翅の色を落とすための
束の間の儀式に過ぎない
何があっても
見失わぬと誓い
舞い続けることを

ともに背負うに過ぎない
たったそれだけの
簡易な困難に過ぎない

まなざし

空は
破らせないための殻を纏《まと》い
ぼくたちを守っているのか
あるいは
紙一重の膜を張り
突き破られるのを想像しているのか

晴れていれば
吸い込まれそうで
曇っていれば
包まれそうで

雨に濡れれば
溶かされそうで

何かを
誰かを
信じることが難しいとき
そのときの空を見上げれば
不可抗力の信頼が
ひとりひとりを見つめている
不信にあえぐ地上のわずかな隙間に
あまねく差し出される柔らかな光は
その扉を開くでもなく閉じるでもなく
むず痒くなった心の置き場所を
しずかに紡ぎはじめる

いまや休めなくなった夜空が
いまだに星を瞬かせるのは
表裏に染まった一日に疲れた
いきとしいけるものを
もう苦しめたくはないから
だれもひとりではなく
ひとりがすべてのちからになるということを
漆黒《しっこく》に点描し
守り神として宿す

明日の空は
透きとおってくれるだろうか
太陽はまだ世界を明るく照らせると
頑なに信じているぼくたちの
ささやかな希望に添って

stay hungry, stay foolish

---sideA
点を結び
線を描く
そこに
神が宿るのが
見える

誰の目にも確かな星座があれば
誰かの目にしか見えぬ星座もある
今夜が輝きを増すことを

誰が想像しただろう

星の下
手を繋ぎ
心を結ぶ人々の
声の温みは
そらに浮かぶ
常設展示の静寂を
微かに揺らし
そよぐ宇宙に
木霊する

---sideB
月明かりの下に
天使が宿る

微笑み
また微笑み
地上の点を結んでは
線を繋ぐ
誰かの幸せが
わたしの幸せなのだと
ひたすら微笑む

自らの手を
握ることを許さず
星の慰めを
彼方に乞う

帰る場所

帰ろう
深き海底へ
光の届かぬ山脈をたどり
静かな埃の舞う
あの場所へ
ただしそれは
消えるということではなく
見えぬところで
慎ましく輝き続けるということ
気の遠くなる歳月を費やし
止まらぬ時間に解けていくということ

（祈りは空へと羽ばたき
白い翼を切り離し
碧き雨となって降りては
不透明な大地を透過し
海へと巡礼を続ける）

日出づる海から希望が届けられたかのごとく
夜のしじまに瞬く星と家々の灯り

さあ、帰ろう
いまを照らし
あすを抱くわがまちに

さあ、還ろう
わたしをあらしめる
すぎた時を刻んだふるさとへ

神の居場所

砂漠には
神が宿らないという
乾いた都にも
神はとどまれないのだろうか
あるいは
乾ききった泉には
何が遺るだろう

森は
水を湛えたことで

買い占められている
人は神より先に歩き
水を乾かしては
離れないはずの影を
追い抜いていく

ちぎられるちぎり

契りの素顔は
わたしたちの
紡ぎ合わせた糸を
固くすれば頑なに
緩くすれば許せない
怠惰しきった感情

約束を
ただやり過ごすために結うのなら
いっそ

破ってしまえ
罪深さすら忘れ
削除できなくなった歴史を
誰が欲しがる

波のように
風のように
とどまることないこの星から
揺れることのない紙飛行機を折り
宇宙へと飛ばしたなら
ここに居続けることが
約束となるのを
はてしなき地上から
たしかに見届けて

なくならぬ

なくなれば
無という
埋まらぬ隙間が
足下に遺る
なくなったはずの
魂が
そこへ沈み
宿る

泣いて流した思いが
消えてなくなる記憶が

そこにたしかにあった歴史となり
知らん顔で通り過ぎる時を超え
目の前にあらわれる

（いったい
わたしは
なにを
なくしたのでしょうか
三の丸広場で出会った
サクラ色に咲き誇るあなたが
聳え立つ鷺とともに羽ばたいたのは
もう、過去のことのはず
なのに
散っていく枯れ葉を踏みしめながら
わたしは

わたしは
いまもまだ
あなたがそこに立っているような気がするのです

姿が見えぬことを
なくなるというのならば
わたしが見ているのは
まぼろしでしかなく
しかし
わたしの中には
確固たる信念を持ったあなたが
まだ、いるのです

いのちあるものが
すべからく

なくなってもあるのは
永遠に証明されることのない
真実だからでしょうか）

幾度考えても
答えは、ない
けれど
苦しいはずの思い出でさえ
刹那の喜びを蘇らせる
それは
あるとしかいえない
ないものだから
それが
答え、となる

無になり
死ぬためだけの世界ではなく
生きるため
生きていくための
世界を作り
いのちを残すために
わたしは
生き
そして
逝くものでありたい

終わるはずなのに
終わると思いたくない生きものとして
産まれてきたわたしたちの
悲しみだけが遺ることのないよう

あきらかにされずとも
せめて
あきらめないようにするための
智慧として
ここに
わけへだてなく
遺しておくために

（いつまでも
このほしが
なくなりませんように
そして
いつまでも
あなたが
ここにいられますように）

Ⅱ章　世界はそこで香りを放つ

ファイト

戦わないこと
争わないこと
そこに無責任がないこと

危ないから、と言われ
戦う準備に明け暮れるか
危ないから、と言われ
戦わない方法を探るのか

戦争はしたくないけど戦争をします

という矛盾を抱え
死にゆく人びとを作ることが
真に戦うということなのか

死なないこと
殺さないこと
生きていくこと

人間は
奇跡のもとに
生まれてきたのだから

逃走犯

ぼくは逃げる
難しい言葉から
ひたすら怒鳴る上司から
心を握りつぶすほど苦しい恋から
繋がることのない名を書くだけの投票から
有無を言わさず人々を戦場に送り込む国から
ぼくにさりげなく迫るすべての恐怖から

逃げることは悪いことではない、
降ろせる荷物は下ろせばよい、
それはたしかなことだ、

逃げるには覚悟がいった
それを知らず
逃げはじめてしまった
追っ手が途切れることはなく
むしろ増えていった
路地に迷い
越えられない塀があれば
追っ手をすり抜け必死に逃げた
逃げれば逃げるほど
無駄な問いがぼくを責めた
走れば走るほど
不安がぼくを圧迫した

追い詰められ

ぼくからも逃げなければならなくなった

そのとき
過ぎゆく風景が
刹那
見えた

そこには
太陽があった
まごうことなき大地があり
道無き道すらあった
ぼくは立ち止まった
理由はわからなかった
視界が揺れはじめた
地球も生命も

水に満ちていた
寒さにはたしかな温もりがあった
追っ手とぼくが重なった
一つの答えが
やわらかな風から
聞こえた気がした
澄んだ青空に新緑は舞い
芽吹いたつぼみが
一小節を奏で
開こうとしていた

そして
ほんとうは
ここにいたいと
願った

空白（イマジネーション・ウォー）

理由などわからないまま兵士にされ
意味さえわからないまま戦場を駆け巡り
目的すらわからないまま敵兵を殺めた

戦いは自分のためであって欲しかった

発端は些細なことでしかなく
戦争に向き合う気にはなれなかったが
状況は戦争に向かっていった

戦いは純粋なものではなく残忍なものだった

戦況はめまぐるしく変わっていった
それでも変わっていかないものがあった
人を思う気持ちだった

戦いは自分の中にあった

戦争を甘く見ていた
戦争で自分は死なないと思っていた
理由はなかった

戦いはいつでも死者なしに収まらない

同志が死んでいった
家族が死んでいった
ぼくが

永遠の

生きていくために死んでいった
見送られ
盃を交わされ
繋がっていると確かめることもできず
帰りたくても帰ってくるなと手を振られ
それでも空へ向かったのは
死ぬためでなく生きるため
断たれた人と繋がるため
ありもしない所で
居もしない人と
手を結んだまま

無き答え

歩くか、と問う声が聞こえた

千二百キロを辿り
空と海を結うように
ただ手を合わせ、祈る

（あなたを捕まえるということは
あなたを手放すことだと知りました）

あるはずの欲望を感ずる間もなく

無いことにされた煩悩は
歩き疲れて眠りにつく
（わたしは遍路にてこの星に融け
　すべてを委ねるのかもしれません）

さまよいながらも
姿なき連れと生きようとする輝きは
白装束の人々から零れ、下界を照らす
（いまにしかなく
　ここにしかないひかりのようでした）

浮かび上がった
終わらぬ道の始まりに立ち

いささか騒がしい世界へ
また
一歩を踏み出す

いきる

生活なのだ、ときみは言った
満員電車の、窮屈な世界で
乗る駅も降りる駅も、決まり切って
会社で上司に怒られるのも、あたりまえになって
ひとり、公園で食べる弁当に味がないことも
食べ残しを捨てたごみ箱を、意識することもなく
きみは
今日を生きる

帰れば、何も起きないことを祈りつつ

おもしろいことはないか、と電波に乗った動画を漁る
明日という日が、今日の続きだとあきらめ
昨日という日の、焼き直しを迫る
眠りにつくことが、微かな恐怖となり
浅い夢すら、ハードルにして
きみは
未来へ向かう

戦うとは他者への攻撃である、と言い切り
それが自分への刃となることを、想像することができない
太陽でさえ作物へ恩恵と損害を与える、と叫ぶが
戦うよりコントロールだよ、と農夫は微笑む
制御できないことをなぜ、コントロールというのか
誰が、何と戦おうとしているのかわからなくなる
きみは

他人へ問う

生きているのはいつも他ならぬ自分と、他人であった
目に映す現実と耳に入れる言葉を、選んでいたつもりで
見逃した現象と聞きそびれた音楽が、自分に降りかかる
渡る世間は鬼畜ばかりだと、歩道の人々を避けていく
見えないところで田畑は耕され、作物は実っているが
聞こえないところで議論は終わり、築かれたものが消えていく
ぼくは
僕に尋ねる

何が、残った
陽が射し風の吹く都心で、水が流れ空気を生む山脈で
戦わない相手に、闘いを挑んでいる人々の木霊が
意思を奪う寝床へ、還ろうとしている

暫定的なファストフードと、薄味志向の清涼飲料水から
放たれているのは、無機質な匂い
世界は
何に対峙している

〈ひとよ、ひとよに、いま、生きているか〉

透明な汚水

朝焼けの空の下
涙が水に溶けていく
水は巡りながら
悲しみを蒸発させようとするが
別れることはできないまま
雨になり
わたしたちは再び
悲しみに濡れる

水は怒りに震えながらも
すべてを受け容れなければ
ならなかった

きみはその水が飲めるか

それでもなお
透きとおる水の眼差しに
無い色を被せつづける
原子核のあらざる崩壊

ならば
夕暮れには
涙をばねに集う人と
歓喜に沸く泉を探し
見えぬ敵に苦しむ水を
凜と輝く水にしないか
涙のようにしょっぱくない
誰もが飲める水にしないか

戦場

闘ってるんだ
生やさしく佇む地上よりも
はるか蠢く海の上に
漁り火を走らせ
俺たちは
逃げることもできん船上で
この星の胸ぐらを摑んで
命をかけているんだ
忘れるな
たとえちっぽけな船でも

津波を乗り越えることはできる
忘れるな
この海は
俺たちを殺すこともできる
だが無我夢中で
何もかも捨てれば
あるいは生きることだってできる
生きることは
恵まれた命を
ぶつけあうことだ
俺たちは今日も魚を捕る
魚は海に生き
海はこの星に生きる
そしてこの星は海に司《つかさど》られ
俺たちがそこに生きてる

源の海を思い
生きとし生けるものよ
力の限り命を交わせ

世界はそこで香りを放つ

見えないからないのではなく
見えるからあるわけでもない
見えないことにしてあったり
見えるのにないことにしたり
存在は曖昧にされて宙に迷う

（できないことをできるというのは
たしかにすばらしいことだけれど
ほんとうはどうにもならないこと
それをみとめるたしかさもほしい

ただやみくもにいきるだけでなく）

匂わないから許してくれるのでもなく
許しを請うために匂わせるのでもない
感じられなくても消えることなく踏み
手に負えないことは赦して染みこませ
すべての存在から鮮やかな香りを嗅げ

裁判官の明日

今日を裁いてしまった
高みの裁判官席から見下ろし
よもや明日がなくなるとは考えもせず
見えなくなった世界を悔やんだ
今日が投獄される
過去の罪を未来に残さないように願っただけの
原告も被告も弁護士も検察官も傍聴人も
それぞれの席であぐらをかき
何も言えなくなった
今日の罪が
重いだけの空気に透けていく

みかんせい

世界は未完成なのだった
人間もまた、未完成なのだった
未完の小説、未完の建物、交響曲未完成
酸っぱい未完の人生、甘い未完の恋
すべては完成を装うミミック
常に追い求めなければならないのは
未完の独裁が終わることはないから
未完の支配下で生きなければならない
未完のわたしたちのクーデターは
完成という不可能をよりどころに

広がり続ける宇宙を漂い
決して見えぬ終着地を
目指すことだけなのかもしれない

でも、ぼくたちは
くさったみかん
なんかでおわらない

叫び

叫びたい
　でも、叫ぼうとする言葉が見つからず、
　叫ぶことができない

叫びたい
　なのに、自分を抑え込んで、
　叫ぶことができない

叫んでもいい時間なのか、
叫んでもいい場所なのか、
叫んでもいい状況なのか、

ということが気になって、
叫ぶことができない

気にせず叫べといわれても、
読まなければならない空気しか吸えず、
どうしても、
叫ぶことができない

叫ぶことができない自分が憎くて、
叫ぶことができない自分が怖くて、
苛立たしさが募るばかりで、
叫ぶことができない

叫びたい
叫んでみたい
叫ばせてほしい

戦

人々が平和に飽きつつある今日
爆弾低気圧が呼ばれた
戦争は嫌だから

それにしても
このところ隣が騒がしくてよく眠れない
ちょっかいは出しても
中庸でないと

きょうは雨が降るけど

明日には晴れる
お天道様は
平和に戻せるよう
仕掛けを
いつも用意している

鏡

鏡に映る僕をあなたが見ている
あなたを映す鏡を僕が見ている
その姿を確かに映す鏡に
僕はなれているだろうか
あなたは鏡を確かに映してくれるだろうか

映っているあなたの姿に
僕は知っていると答える
過去に起きた争いが
誰かを悲しませたということを

知っていると答える
あなたも知っていると答える
知っていながら
鏡に映るあなたが消えてしまうかもしれないのを
止めることができない
大切な人が消えるのを
誰も止めようとしない

何を守るために戦うのか
誰も知らないまま
争いだけが残ろうとしている
愛するものを守るために誰かが消え
それで愛が残ったとしても
大切な人はいなくなってしまう
そこに残るのは

いったい何なのか
僕はわからなくなる
残すつもりの意思が
残らない

戦う相手が
違ったのだろうか
それとも
見ていた鏡に映ったものが
違ったのだろうか

僕はあなたを見ていたいと願い
あなたは僕を見ていたいと願った
それは確かだった

鏡を見る眼に
埃が入っていたのかもしれない
新たな歴史を作る前に
目をこすっては
僕たちは鏡に確かな姿を映し
見つめたなら
確かなものを
残さなければならない

Ⅲ章　あいのこきゅう

息

浅くなったり
深くなったり
小気味よく刻んだり

そばで聞いたり
遠くに聞いたり
もっと感じようとしたり

吸って　吐いて

温もった
その息を
かけて

温かな
その息で
話して

ふと
空気が揺れ
そっと
髪を揺らす

あいの
こきゅう

香り

香を焚き
空気の混ざり合う音を聞きながら
詩を書き写した
部屋に詩人の残り香が漂う

僕のことばは遠かった
あの頃の
ままごとのように

無口

言葉少ないあなたのために
ぼくは小さな詩を読もう
言葉を継ぎ
手を取り合えば
ふたりの未来は微かに光る
ぼくが言葉少ないときは
あなたといっしょに詩になろう
紙とペンで息を合わせ
こころをことばで奏でよう

とまどい

蓄えた言葉を費やして
あなたと語り合う
風に揺れる微かな炎が消えそうで
夜空の奥に紅炎が生まれそうで
話して
離さないよう
あなたとの距離を測りながら
目の前にあるその手を
まだ触れることができない

解く

逃げるだけならきみじゃなくていい
寄りかかるだけなら僕じゃなくていい
待つだけなら求めなくていい

もし
果実を食べなければ始まらないのなら
僕は齧ってその果実を飾り
止まった時間を動かし
拘束されていたアダムとイブを
解き放つだろう

触れる

触れたいのに
触れてはいけない気が

そこにない
立入禁止の標識に躊躇い
お届け物です
と呼び鈴を鳴らすのも憚られ
吠える番犬に追い返される

けれど

禁じられても
入らなくては
いけないときがある
届けなければ
ならないものがある

指も
言葉も
そっと
心に
触れるためにある

はかなきひと

こわれもの注意
と書かれた
あなたの手を取る
いまにも割れそうな微笑みを見つめながら
雲間から零れた陽射しを掬い
髪にそっとかけていく
なのに
壊れていくあなたを
見たくなる
ほんの少しの握力で

割れてしまう
あなたを
握って

傷

傷をつけることが
恋なのでしょうか
柱に刻む
あの線のように
足跡を
残すものでしょうか
成長を慈しむように
誰かを想っては
愛することを
学ぶのでしょうか

付けた傷跡を見ては
引きずるように歩きだして
思い出のかさぶたに目を細めては
また新しい傷をつけに

まなざし

わざわざ照れないといられない
スマートな時代なのに
どうしても
あなたの目を見つめられない
現実を直視せよと騒ぐ時代に
高度な駆け引きがないと楽しめない
素直さが見直されている時代に
変われない僕は
時代に取り残され
あなたはただ僕を見ている
変わらぬ瞳で

情熱の色

手を放すと赤い風船は空へと旅立ち
赤い記憶になり
赤々と照らす太陽の向こう側で
赤い感傷へと変わる
すでに赤い糸は切れてしまったが
身体を流れる血はまだ赤いまま
赤いスカートに揺れる鼓動
踏み出す一歩を阻む赤信号
僕は構わず頬を赤く染めて走る

公式

ぼくの「あ」と
きみの「あ」は
重さが違う
生きた年月や
経験が重りになって
言葉に乗り込む

声も
人柄も
事実も

違う
天秤にかければ
すぐにわかる

言葉＋重さ×違い≒ひと

授業で習った公式を
覚えているかい
教えてくれたのはなぜか
国語の先生だったけれど

互いの違い

まさかわたしと
どうしてあなたと

違うふたりが求め合う
過ごす時間は同じに

それは
おのずからしかることで
だから
むかしもいまもこのさきも

違わなければ出会うことはなく
同じ場所にいることもなかった

あなたと違っていて
よかった

ほどく

あいはしばるものじゃない
あいはほどくものだって
きょうがっこうでならってきた
だから
かあさん
とうさんのネクタイをほどいてあげて
とうさん
かあさんのかみをほどいてあげて
ふたりともわらってないで
ほら

ここにある
からまったいとを
ほどいて

行先

河原に座って
土手を走る車を見送る
見えない行先を表示し過ぎ去る車列に
透明な手を振った
陽光が世界を緑色に照らしている

ほんとうにみんな行くあてがあるのかしら

彼女の声は掠れている
私は答えない

風が川を流れる
私たちの行先も回送のまま

眠り

静かにナツメ球を灯す日々に
名前を呼べる一夜をください
ふたりでひとつに眠ったなら
すべてを消してしまえるよう

誰かと

喜ぶために喜ばせ
喜ばされては喜ぶ
誰かがいないと喜べない
誰かがいないと
悲しみも、怒りも、楽しみも
ときに拒みながら
ときに寄り添いながら
一人がいいと思いながら
でも
その一人は一人じゃない
誰かがいて一人になれる
誰かのおかげで

命の巡り

あなたが生まれ
あなたから生まれ
きみを生み
あなたは帰り
わたしが帰る
きみが生み
そしてまた

わたしたちの常若

わたしたちの式年遷宮

参ろう
詣ろう

わたしたちが
わたしたちへ

そして
天へ

沈　黙

黙って
何かを聞いて
何かを理解する
隠れていた言葉を
優しさで溶かしたなら
ただ
目を合わせ
微笑んで
抱きあい
泣く

生きた雑音に
命と命が響きあい
心と心が絡みあい
私と私が求めあう
広がる宇宙
無言の物語

「それぞれのより良き世界」に立ち還る人
――末松努詩集『淡く青い、水のほとり』に寄せて

鈴木比佐雄

1

末松努さんの詩には私がかつてどこかで見たであろう、懐かしくも美しい光景が広がっている。その光景は原初の生き物たちが生まれた水辺であり、多様な存在がそこで進化して命を繋いでいる場所であるだろう。例えて言うならジョギングをして長い距離を一定のスピードで走っていると、身体の水分が噴き出してきて、その時に擦れ違う人びとや草木や花々などが新鮮で美しく見える瞬間がある。ランナーズハイのような身体の老廃物を出してしまうと、何か純粋なものが心の奥底から感受させられる場所なのだろう。末松さんは一九七三年に福岡県に生まれ今もその地に暮らしている。一人で詩を書き時にネットで詩を発表していたらしい。二〇一四年にコールサック社が公募した『SNSの詩の風41』にこの詩集のⅠ章にも収録されている六篇を寄稿してくれた。それを機に「コールサック」(石炭袋)に参加してくれこの二年間に多くの詩篇を発表し続けている。その成果が今回の第一詩集『淡く青い、水のほとり』に結実したのだった。

詩集はⅠ章「つながるいのち」十五篇、Ⅱ章「世界はそこで香りを放つ」十四篇、Ⅲ章「あいのこきゅう」十八篇の計四十七篇に編集されている。Ⅰ章の冒頭のタイトル詩の「淡く青い、水のほとり」の一連目の前半を引用したい。

淡く青い、水のほとり

それぞれの木々が／思い思いに揺らめく／それぞれの生物が／思い思いに生活する／それぞれの魂が／思い思いに生活する／それぞれの魂が／思い思いに交錯する／そして／静かなる大気の下／それぞれのより良き世界を／追い求める

まず詩の題名の「淡く青い、水のほとり」は、読むものを青く澄んだ水辺に佇ませ、その場所に立ち還ることを促している魅力的な詩行ともいえる。冒頭の「それぞれの木々が／思い思いに揺らめく」という一本一本の樹木や一葉《ひとは》一葉の葉のゆらぎを慈しむような自然で柔らかな感受性が伝わってくる。そしていつのまにかそこで生まれ暮らす「それぞれの生物」が「それぞれの魂」を共存させながら、「それぞれの良き世界」を追求し楽園のような予定調和が保たれている世界が描かれている。一章の後半は次のようになっている。

しかし／重なりあう葉もあれば／ちぎれゆく葉も／助け合う存在もあれば／奪い合う存在も／共にする情念もあれば／異にする情念も／そこには／それぞれの世界が／たしかにひろがっている

水辺の樹木の葉は一葉ずつ独立しているが、重なり合いちぎれ飛んでいき、大きな葉群となって緑の世界を作り出す。けれどもよく見るとこの世界と同様に「助け合う存在」もあれば「奪い合う存在」もあり、「共にする情念」もあれば「異にする情念」があり、世界は多様な価値観で構成されて、広がっていることを告げている。そして次の二連目では世界の在りようを次のように解釈していく。

（神は／　それぞれを守ってしまう／　おおらかに／　世界をあまねく与えてしまう）／／それでも／世界を貫く水がある／混ざりあい繋がりあう水がある／この星を満たす水がある／自在に巡り形を変えようとも／存在は不変の水がある／遮っているのは見えぬ線だろうか／何を越えねばならないのだろうか／忙しさに心をなくし／考えることを捨てた時間に／氷の壁を透過した水は／燃え上がる核の上を／絶えることなく／しなやかに流れつづける

この奇跡のような多様な存在を「おおらかに」与えた存在として汎神論的な神を末松さんは感じているようだ。この世界は様々な問題があるが、「それでも／世界を貫く水がある」と末松さんは言い、多様なものの違いの奥底に伏流している水の流れを感じている。それゆえに「忙しさに心をなくし／考えることを捨てた時間に」はという表現は、現代の科学技術が引き起こした原発事故の深刻さについて暗示しているようだ。東電福島第一原発のメルトダウンした三基の原子炉から生じた放射性物質は、今も福島の地を汚染させていて、その汚染水を「氷の壁」で堰き止めようとしても、それが不可能であることは明らかになっている。もはやコントロールできないほど汚染水は今も将来も生み出されていく可能性がある。末松さんにとって神の化身である水は、人間が汚した水になろうとも「しなやかなに流れ続ける」と語り、人間が水にいかに甘えているかを、水に救われているかを物語っているようだ。この詩は一読すると水への賛歌のように思えるが、水という神的な存在や聖なるものを忘れて、命の根源である水や「それぞれの生物」の魂などへの尊厳を汚している人びとへの警告とも読むことが出来る。その意味では末松さんは「それぞれのより良き世界」に立ち還ろうとしていて、そのための原初の風景を甦らせ詩に刻んでいこうとしているのだろう。

2

Ｉ章のその他の詩篇でも、神から祝福される存在や水が偏在する世界を豊かに書き記していき、この他者とつながっている世界に存在することへの感謝や祈りを詩行に宿らそうとしている。「波間」では、「波音のリフレインを聴け／生き様がそこにあるではないか」と地球の鼓動を聴いている。「陽射し」では、「ああ／生きていてよかった」と「陽射し」を「思いっきり飲み干し」てエネルギーを得る。「つながるいのち」では、「わすれてはいけない／いのちのめぐみと／めぐまれたいのち」への感謝を記す。「包まれた空」では、「薄明るい空へ／捧げる祈りに／嘘はあるのだろうか」と祈りを検証している。「こころの処方箋」では、こころを「えぐってしまったきずもあったけれど／ひとをあいすることはやめられなかった」と愛する覚悟を語っている。「沈む夕陽、昇る朝陽」では、「海が空を映すように／空は海を映しています」

といい「無数のあなたとわたし」の相関関係を照らし出している。「あさひの行方」では、あさひが「木漏れ日の中へ／熔けて、逝く」ことに早朝の美しさを感じている。「蝶の舞い」では、「見失わぬと誓い／舞い続けることを／ともに背負うに過ぎない」と他者と共に見届けようとする。「まなざし」では、「ひとりがすべてのちからになるということを／漆黒《しっこく》に点描し／守り神として宿す」と人がつながっていく希望を信ずる。「stay hungry, stay foolish」では、夜空の星座を結んで幸せを祈るように「地上の点を結んでは／線を繋ぐ／誰かの幸せが／わたしの幸せなのだと／ひたすら微笑む」ことによって隣人愛が満ちてくる。「帰る場所」では、「明日を抱くわがまちに」帰ろうと言い、また「すぎた時を刻んだふるさとへ」還ろうと思い、過去の故郷と未来の故郷ともにつなごうとしているかのようだ。「神の居場所」では、「人は神より先に歩き／水を乾かしては／離れないはずの影を／追い抜いていく」と言い、人が「神の居場所」を無くしてしまったのではないかと問うている。「ちぎられるちぎり」では、かつて人は神と約束「契り」をしていたのでないかと想起し、「ここに居続けることが／約束となる」ように、もう一度「契り」をやり直すべきだと語っている。最後の詩「なくならぬ」では、「わたしの中には／確固たる信念を持ったあなたが／まだ、いるのです」と、たとえこの世を離れてもあなたは確かに存在していると言い、「いつまでも／あなたが／ここにいられますように」と願うのだ。このように末松さんは「淡く青い、水のほとり」で、この世に存在することの意味を空や海や星や森などを通して、あなたや神と親密な対話を繰り返していく。その対話こそが末松さんの詩作の原動力になっている。

3

Ⅱ章「世界はそこで香りを放つ」十三篇は、世界の悲劇を引き寄せて共に苦悩し、それでも内面の格闘をしながら思索し最善の答えを見出していこうとする詩篇群だ。冒頭の詩「ファイト」を引用してみたい。

ファイト

戦わないこと／争わないこと／そこに無責任がないこと／／危ないから、と言われ／戦う準備に明け暮れるか／危ないから、と言われ／戦わない方法を探るのか／／戦争はしたくないけど戦争をします／という矛盾を抱え／死にゆく人びとを作ることが／真に戦うということなのか／／死なないこと／殺さないこと／生きていくこと／／人間は／奇跡のもとに／生まれてきたのだから

私はこの詩を「コールサック」（石炭袋）八十四号の評論「日本の詩人たちにとって『非戦』とは何であり続けるか―中里介山、与謝野晶子、北川冬彦、押切順三、峠三吉、末松努の『非戦詩』の系譜」で引用し、現役の詩人の詩篇の中から「非戦」という思想・哲学的な課題を詩作している優れた詩として引用し次のように論じさせてもらった。

末松努の詩は、最近の「コールサック」に寄稿された詩篇を読む限りでは、重苦しい情況の中でも、内面の深いところから生きることの希望を語ろうとしている。この詩「ファイト」もしなやかな言葉で戦争と「非戦」に揺れ動く人間の危うさを指摘しながらも、人間を生かそうとする本来的な精神に立ち還ろうとしている。「死なないこと／殺さないこと／生きていくこと」だとの三行は人生の最も大切なことを刻んでいて、身近なところに飾っておきたい詩行だ。このような突き詰めた地点から「戦う準備に明け暮れるか」さもなくば「戦わない方法を探るのか」という戦後七十年目の平和思想を読者に静かに問うている。

以上のように末松さんは内面の奥深くから「非戦詩」を語り出していた。私は「そこに無責任がないこと」の一行に込められた末松さんの誠実さを感じた。「ファイト」とは人が人を殺してはならないという人の命への限りない愛を促す言葉なのだろう。

その他の詩でも、「非戦」の粘り強い思いや今ここにある命の輝きを慈しむ眼差しは、静かに届いてくる。例えば「逃走犯」の「逃げることは悪いことではない」。「空白」（イマジネーション・ウォー）の「戦いは自分の中にあった」。「永遠の」の「絶たれた人と繋がるため」。「無き答え」の「いまにしかなく／ここにしかないひかりのようでした」。「いきる」の「ひとよ、ひとよに、いま、生きているか」。「透明な汚水」の「見えぬ敵に苦しむ水を／凛と輝く水にしないか」。「戦場」の「生きとし生けるものよ／力の限り命を交わせ」。「世界はそこで香りを放つ」の「すべての存在から鮮やかな香りを嗅げ」。「裁判官の明日」の「それぞれの席であぐらをかき／何も言えなくなった」。「みかんせい」の「でも、ぼくたちは／くさったみかん／なんかでおわらない」。「叫び」の「叫びたい／叫んでみたい／叫ばせてほしい」。「戦」の「お天道様は／平和に戻せるよう／仕掛けを／いつも用意している」。「鏡」の「何を守るために戦うのか／誰も知らないまま／争いだけが残ろうとしている」。このような粘り強く人の営みを肯定する詩作は、きっと人間への徹底した信頼と「それぞれのより良き世界」を形作りたいという思いに貫かれているからだろう。

Ⅲ章「あいのこきゅう」十八篇は、末松さんの詩の原点に潜んでいる初期の頃の短い抒情詩を集めたものだろう。その中から詩「無口」を引用したい。

末松さんの「淡く青い、水辺のほとり」に佇ませてくれる詩篇は、忘れていたみずみずしい感受性を伝えてくれ、世界の危機であっても「それぞれのより良き世界」を信じてやまない詩人の誠実さや希望を捨てない精神の在りかを伝えてくれる。多くの人たちに読んで欲しいと願っている。

無口

言葉少ないあなたのために／ぼくは小さな詩を読もう／言葉を継ぎ／手を取り合えば／ふたりの未来は微かに光る／ぼくが言葉少ないときは／あなたといっしょに詩になろう／紙とペンで息を合わせ／こころをことばで奏でよう

あとがき

学生時代、ドイツ文学ゼミにいた私は、ケストナーの詩「都会人のための夜の処方箋」釘付けになり、初読の後も繰り返し読んでいました。

詩を書くようになったのは、それからでした。もちろん、他人に見せられるような代物ではありませんが、いまでは初々しさを放つ宝物になっています。社会人になり仕事が多忙になると、詩作は中断せざるを得なくなりましたが、時間を見つけては詩を読んでいました。

詩作再開のきっかけは、自分で「一日一詩」というウェブサイトを作ったことで、どんなに忙しくとも約五年間書き続けました。

その後、ツイッターも始めて、詩人 宮尾節子さんが主宰の「ポエティックワンダー連詩組」に出会いました。これは、ツイッターで発信される詩に対し、誰、と特定することなく同時多発的に連詩を書くというものです。瞬発力やスピード感で繋ぐ人、じっくり書いて繋ぐ人。独特の雰囲気を持った連詩企画で、盛り上がりを見せます。参加するようになってからはツイッター詩も書くようになり、詩を書く様々な方との幸せな時間を得ることができました。

さらに、そこで詩人 亜久津歩さんと出会い、コールサック社のアンソロジー詩集参加を勧めてくださいました。後に、詩人・編集者の佐相憲一氏にもお世話になることとなり、拙作の「コールサック」への掲載が始まりました。

発表を続けていくうちに、同じく詩人・編集者でコールサック社代表である鈴木比佐雄氏の詩論に拙作「ファイト」を取り上げていただいた後、詩集製作のお話もいただくこととなり、この『淡く青い、水のほとり』は出来上がりました。


ご縁、という言葉があります。

いつ、どこで、どうつながっていくのか、全くわからないもの。

しかし、これが人間にとって、とても大切なものではないかと思うのです。

これまでにたくさんの人や作品に出会い、支えられ、ここに私が辿り着いたこと。そして、いま、この本を手に取ってくださるあなたがいること。

このご縁で出会った全ての皆様に、心から、感謝を申し上げます。

そして、詩は人の力になれると固く信じ、今後も書き続けたいと思います。


末筆ながら、題字の依頼を快諾して下さった小寺涼泉先生、その縁を繋いで下さった無量光院龍彰先生にもお礼を申し上げ、筆を擱きます。

平成二八年　夏　　末松　努

末松 努（すえまつ　つとむ）略歴

一九七三年福岡県生まれ

二〇一四年　詩選集『ＳＮＳの詩の風 41』に参加

二〇一五年　詩選集『平和をとわに心に刻む三〇五人詩集』に参加

二〇一六年　詩選集『非戦を貫く三〇〇人詩集』に参加

詩集『淡く青い、水のほとり』刊行

「コールサック」（石炭袋）会員

現住所　〒 809-0018　福岡県中間市通谷 1-10-20

石炭袋

末松　努詩集『淡く青い、水のほとり』

2016 年 9 月 10 日初版発行

著者　末松　努

編集・発行者　鈴木比佐雄

発行所　株式会社 コールサック社

〒 173-0004　東京都板橋区板橋 2-63-4-209

電話 03-5944-3258　FAX 03-5944-3238

suzuki@coal-sack.com　http://www.coal-sack.com

郵便振替　00180-4-741802

印刷管理　（株）コールサック社　製作部

＊装丁　杉山静香

落丁本・乱丁本はお取り替えいたします。

ISBN978-4-86435-265-9　C1092　￥1500E